Anonymous

Marschall Rubin und sein Sohn

Ein Trauerspiel in drei Akten

Anonymous

Marschall Rubin und sein Sohn
Ein Trauerspiel in drei Akten

ISBN/EAN: 9783743424081

Hergestellt in Europa, USA, Kanada, Australien, Japan

Cover: Foto ©Andreas Hilbeck / pixelio.de

Manufactured and distributed by brebook publishing software (www.brebook.com)

Anonymous

Marschall Rubin und sein Sohn

Marschall Rubin
und
sein Sohn.

Ein Trauerspiel

in drey Akten.

Wien und Leipzig,
bey Aloys Doll und Schwaiger.
1790.

Personen.

Der König.
Freyherr v. Rubin, Marschall.
Adolf, = = sein Sohn.
Gustav, = = = eine todte Leiche.
Hanns v. Silberstein, Vater.
Karl v. = = Sohn.
Luise v. = = Tochter.
Albrecht von der Saar.
Baron Ebenhorst.
Offiziers.
Adjutanten.
Soldaten.
Oberrichter.
Gerichtsdiener.
Blutrichter.
Bediente.
Volk.

Erster Akt.

Erster Auftritt.

Garten.

Adolf und Luise.

Luise (nimmt Adolfen bey der Hand) Nun, wie steht's, lieber Adolf?

Adolf. Gut, Luise; so gut, daß ich wünschte, es mögte immer so stehen —

Luise. Du bist aber nicht ruhig; ist dir nicht wohl?

Adolf. Wohl, Luise. O! wenn ich deine Hand habe, wie könnte mir da nicht wohl seyn?

Luise. Schwärmer! (schlägt ihn auf die Hand) das will ich jetzt nicht wissen, aber wie steht's mit deinen Sachen?

Adolf. Alles verlohren!

Luise. Armer Adolf! —

I. Aufzug.

Adolf. Ja wohl arm! (knirscht mit den Zähnen) so bettel arm, daß ich mich vor mich selbsten schämen mögte. —

Luise. (bedeutend) Arm? Adolf! Adolf! —

Adolf. Nicht arm, Luise; wenn ich dich habe. (sie umarmen sich) Aber Luise, ich bin nicht mehr der, der ich vorm Jahr war, bin arm!

Luise. Desto besser; lieber Adolf; so hab' ich das Verdienst, dich doppelt glücklich zu machen, und wenn du mich liebst, so sagst du das nicht noch einmal.

Adolf. Ha, Luise! — aber —

Luise. Halt Adolf — ich verstehe, was du sagen willst —

Adolf. Ich bin arm, bettel arm, sie haben mir Alles genommen, haben mir auch nicht soviel gelassen, worauf ich mein Haupt legen könnte. Du weißt, daß ich darüber weg bin, daß mein Herz nie zu sehr an den Glücksgütern hing — aber wie ich gestern mit der aufgehenden Sonne noch einmal das Grab meiner Mutter besuchte, und dann so ganz ausgezogen, bis auf den Staab, den ich in meiner Hand hatte, zum Gut hinaus ging, da wurde mir s'Herz doch schwer.

I. Auftritt.

Luise. Aber dein Vater?

Adolf. Mein Vater hatte sich seit langen Zeiten um nichts, als um den Krieg bekümmert — und meine Mutter immer kränklich — so mußten, bey diesen ohnehin schlechten Zeiten, unsere Güter so in Verfall kommen, daß sie den gänzlichen Untergang nahe waren. —

Luise. Und die Herren der Gerechtigkeit?

Adolf. Die bau'ten sich neue Häuser. Bey der Uebergabe meiner Güter hatte ich doch recht meine Freude, wie die Leute sich wunderten, über meine Gelassenheit, daß mir alles so gleich, so einerley war; ha! dacht ich, ihr Narren, wer keinen andern Trost, keine andere Zuflucht weiß, als seine zeitlichen Güter, der mag untröstlich seyn, und sich den Kopf vor die Wand rennen — so lang ich diesen Kopf, und diesen Arm gesund habe, so lang finde ich gewiß in der ganzen Welt Brod, und dann sag' einer, Rubins zweiter Sohn sei eine Null — weil er kein Geld hat, sag's einer, wenn das ganze Heer mit Fingern auf mich weist, und ein bärtiger Junge dem andern zuruft, das ist Rubins zweiter Sohn! siehst du —

Luise. Adolf! Adolf! was ist dir, was willst du?

I. Aufzug.

Adolf. Ha! Mädchen, du bist das Einzige auf der Welt, was mich kleinmüthig machen kann —

Luise. Und wie so? bin ich nicht deine Luise?

Adolf. Wenn du's bist? (mit verbissenem Schmerz) wenn du's so ganz bist, wie ich dein, so sei standhaft! —

Luise. Standhaft? o seid nicht stolz, ihr Männer! (lächelnd) und predigt uns Weibern Standhaftigkeit, ich dächt', ihr schämtet euch, wenn ihr in der Geschichte leset —

Adolf. Du verstehst mich nicht, gutes Mädchen! die Menschen haben mir Alles genommen. (stellt Luisen vor sich hin, und sieht ihr starr in die Augen) Standhaft, wie ein Mann, sah ich ihrem Raube nach, und war der Sohn des großen Rubins; aber dich, Luise, dich zu verlieren, ist mir unerträglich, und doch —

Luise. Und doch?

Adolf. Und doch ist's beschlossen, so fest beschlossen, als Wesen zusammen gekettet sind, ich muß fort!

Luise. (erschrikt)

Adolf. Erschrik' nicht, Mädchen, ich muß

I. Auftritt.

fort, muß zu meinem Vater, unter seinen Augen groß werden, und dich verdienen; kennst du den Rubin, oder wenn du ihn nicht kennst, so frage die Welt, welch ein Mann der Marschall Rubin sey! — Das Herz schlägt mir so mächtig, wie an deinem Busen, wenn ich an ihn denke, und dieser Mann ist mein Vater! —

Luise. (weint) Adolf! um Gottes Willen — Adolf!

Adolf. (sie in Arm nehmend) bitt' mich nicht, liebe Luise! wollte Gott, es müßt' nicht seyn! und so solltest du mich nicht bitten müssen.

Luise. Liebst mich so wenig! — bin ich nicht dein? bist nicht mein Adolf? Denk an deinen Vater, an deinen Bruder, sind sie nicht jeder Minute dem Tode ausgesezt? —

Adolf. Wenn mein Vater immer an seinen Tod denken, und sich von ihm schreken lassen wollte, wer sollt' eurem König die Schlachten gewinnen?

Luise. Was geht dich unser König an? willst du um ihn Ruhe gegen Todesgefahr vertauschen?

Adolf. Ruhe? meinst du wohl, daß ich Ruhe haben würde? Nie würden mich die Menschen grimmiger gehezt haben, als auf dem Wege zum Besiz von dir, du kennst deinen Vater, kennst deine ganze Familie und kennst mich; ja, wie ich noch Herr von des alten Rubins fetten Gütern war, da hätte sich dein Vater nicht bedenken dürfen, mir seine Tochter zu geben, aber jezt? — und doch bin ich noch jezt der Sohn des großen Rubin, wie ich's damal war. — Oder komm, wenn du es wagen willst, komm zu deinem Vater, heute noch will ich ihn um dich ansprechen, will ihn alles sagen; sagen, daß ich dich liebte, da ich noch reich war, und daß ich nun nichts mehr habe. — Aber Mädchen, du kennst mich, weißt daß ich nichts weniger ertragen kann, als Verachtung; schlägt er mir's ab, schlägt er mir dich ab — bei Gott! Luise, du siehst mich nicht wieder! —

Luise. (heftig) um Gottes Willen, Adolf! sag' mir nichts mehr davon, du mußt mein sein, oder ich sterbe!

Zweiter Auftritt.

Rubin. Luise. Albrecht von der Saar.

Albrecht. (tritt ein) Ah! siehe da, Adolf! (küßt Luisens Hand)

Adolf. Mein Albrecht! (sie umarmen sich)

Albrecht. Mein Adolf! wie erfreut bin ich, dich wieder hier zu sehen. Ich dachte schon du wirst diesmal nicht Wort halten, aber —

Adolf. Hast recht, Albrecht, wegen eurem Baron wäre ich gewiß nicht herüber gekommen, hätten mich nicht — (man hört die Post blasen) was ist das?

Luise. Gewiß mein Bruder! —

Dritter Auftritt.

Bedienter. Vorige.

Bediente. Euer Gnaden! der Herr Baron —

Luise. O mein Bruder — — (zum Bedienten) ich komme schon. Adolf! ich seh' dich wieder.

ab.

Vierter Auftritt.

Adolf. Albrecht.

Albrecht. Mein Adolf! es ist doch ein herrliches Mädchen, deine Luise. Aber was hattet ihr vor? Du wild und zerstreut; Luise Thränen in Augen —

Adolf. Albrecht, bester Bruder! —

Albrecht. (ihn bei der Hand nehmend) Ruhe lieber Adolf! es wird alles gut werden.

Adolf. Wenn ich nicht Ruhe finde, in dem Arm meiner Luise, so ist kein Plätzchen in der ganzen Welt und unterm Monde, wo ich Ruhe finde. Bester Bruder! — ich bin nun so entschlossen, so fest entschlossen, daß ich nicht mehr wanken kann, wenn ich gleich wollte.

Albrecht. Ich verstehe dich — ich erkenne in dir Rubins zweiten Sohn, aber — deine Luise?

Adolf. Mag sie sagen, was sie will, mag sie weinen — weinend meinen starken Nacken umfassen, und mich bändigen wollen — es muß sein, und so ist's beschlossen.

IV. Auftritt.

Albrecht. Also zu deinem Vater?

Adolf. Zu meinem Vater, um unter seinen Augen groß zu werden, und meine Luise verdienen.

Albrecht. O wegen verdienen! — wenn ja ein Mensch was verdient hat, so verdienst du Luisen, und Luisen gewiß dich.

Adolf. Ich soll ihr versprechen zu bleiben, und das kann ich nicht, und wenn sie sich die Augen aus dem Kopf darüber weinte, denn ich bin nun einmahl so ein Narr, daß ich's vor eine Schande halte, einer Frau sein Glück ganz zu verdanken zu haben, ob ich gleich einer von den wenigen bin, die so denken. Ich beklage ihr Schicksal, das weiß Gott! würde rasend werden, wenn ich sie im Arm eines Andern sähe, der sie nicht glücklich machen kann, und doch kann ich's nicht ändern.

Albrecht. Adolf! — bitt' dich um alles, was dir theuer ist! Luise ist ein Engel, sey nicht der Stöhrer ihrer Ruhe, mach sie nicht elend! Du hast noch Kraft, fasse sie zusammen, und arbeite dich hervor, unter der Last die dich drücken will; Bruder! ein Paar so gute, schöne herrliche Menschen, wie ihr seyd! —

I. Aufzug.

Adolf. Halt! was macht die alte dicke Mama?

Albrecht. Wahrlich, bald hätte ich vergessen, hättest du mich nicht an sie erinnert, sie läßt dich zu sich bitten. Sie ist etwas kränklich.

Adolf. So komm Bruder!

(beede ab.)

Fünfter Auftritt.

Zimmer des jungen Silbersteins.

Silberstein und Baron Ebenhorst.

Silberstein. Nun sind wir hier, lieber Baron! und meine Schwester? — hab' ich dir wohl zu viel von ihr gesagt? Deine italienische Gräfin kannst wohl um sie vergessen — und dein Söhnchen! — ha! ha! ha! davor hast ihrem Vater einen wohlbespikten Beutel gekappert — ha! ha! aber daß du den dummen Streich begehen wolltest — eine Kugel vorm Kopf zu schießen — wäre ewig Schade

V. Auftritt.

um so ein Männchen — hätte wahrlich meiner Luise keine schönere Ehehälfte verschaffen können, als dich.

Baron. Aber Weisenborn?

Silberstein. Narrenspossen! — Gefällt dir Luise?

Baron. Ob sie mir gefällt? o Bruder! —

Silberstein. Nun, Weisenborn ist wohl noch aus der Welt zu schaffen.

Baron. O Bruder! nur eine kleine Probe, wie er im Fechten beschlagen ist, und dann will ich mir ihn schon vom Hals schaffen; so von hinten — gute Nacht!

Silberstein. Bravo! bravo! — Gute Nacht, Weisenborn! — Man darf halt ja deines Gleichen suchen — aber daß du dir eine Kugel vorm Kopf schiessen wolltest, kann ich dir noch nicht verzeihen.

Baron. (drohend) Silberstein! —

Silberstein. Sey kein Narr! weißt daß ichs nicht übel meine — jetzt komm aufs Koffeehaus! zuerst zu Luisen, wir bereden Weisenborn mitzugehen, denn morgen kommt mein Vater, also müssen wir heute schon trachten mit ihm fertig zu werden. Komm, komm!

Sechster Auftritt.

Luise. Silberstein. Baron.

Luise. Wohin schon wieder, lieber Karl? —
Baron. (küßt Luisen die Hand, macht ihr übrigens viel Karessen)
Silberstein. Zu dir Schwester Luise, zu dir.
Baron. Wir haben uns unterstehen wollen, gnädiges Fräulein —
Silberst. Was unterstehen? — Wir wollten dir einen Besuch machen, und du kömmst just — .
Baron. Wir glaubten Weisenborn bey Ihnen schönes gnädiges Fräulein, zu finden, aber —
Luise. Er ist schon vor einer Weile von mir gegangen.
Silberst. So? —
Baron. So? — hm! hm!
Silberst. Komm', Baron!
Luise. Wohin Karl?
Silberst. Wir kommen bald wieder.
(beyde ab)

Siebenter

Siebenter Auftritt.

Luise allein.

Luise. Bruder, Bruder! du hast meine Erwartung außerordentlich getäuscht! Sein Herz war sonst so gut, so rechtschaffen — die Welt hat ihn aber in Grund verdorben — sein Gesellschafter — o weh dem Mädchen, das sich von so einem Baron betrügen läßt! — O das arme Mädchen, das er so schändlich verließ! — Wie viele Thränen wird sie um ihn schon vergossen haben? um den Verräther! um den Meineidigen! O Bruder! —

Achter Auftritt.

Luise. Adolf.

Adolf. Nicht Adolf — Rubin ist mein Name — und Rubin schläft itzt in Weisenborn. — Aber er wird erwachen, und dann sey euch Gott gnädig!

Luise. Adolf, was ist dir schon wieder? was hatten sie denn noch? —

Adolf. Spaß — nur Spaß, und nichts mehr. (für sich) hätteſt du erſt alles gehört!

Luiſe. Schrecklicher Spaß, den ihr habt! o ich bitte dich Adolf! bey meiner Liebe beschwöre ich dich! ſag' mir, was hatten ſie noch?

Adolf. Auf Rubin! auf! — Da der erſte Rubin gebohren wurde, war gleich die noble Hochzeit in Paris; auf dem Bartolomäus=Tag ſind's juſt zweihundert Jahre! — Und da ich gebohren wurde, ſchlug der Blitz neben unſerm Haus nieder, aber meine Mutter ſagte, ich hätte nicht gemukt; — merkſt du was? Lebe wohl! —

ab.

Neunter Auftritt.

Luiſe allein.

Luiſe. (weint) Adolf! Adolf! um Gottes Willen! — aber er hört mich nicht mehr! — Rubin, ſagt' er! — Rubin! — Gott! — Allmächtiger! — gieb mir Stärke! — was muß das ſeyn? — (geht tiefſinnig auf und nieder) Ha! horch! — Himmel! ſieh, wie er aufsteigt, der Blutige! mein Bruder! — noch einer! — o alter Mann! — und du blut'st nicht? — — hi! hi! — Adolf! — zurück Teufel! — es ist eine Lüge! — (thut als wenn sie nach etwas schlüge) geh' in die Hölle zurück! — Adolf! — ha! donnere mich nieder Allmächtiger, (es wird Nacht) ehe das geschehe! — halt Barbar! — was thust du? rette dich! — (schwach) aber was ist das? wo gerath ich hin? mein Gehirn ist todt — wo bin ich? — (ringt die Hände, und geht langsam ab) Himmel gieb mir Thränen!

Zehnter Auftritt.

Garten. Nacht.

Adolf, kommend.

Adolf. Also, entführen wollen sie Luisen? entführen! — — O, warum faßte ich sie nicht bey den Gurgeln, und drükte sie zusammen wie

Krametsvögel! — Nein, es ist besser, ich ertappe sie auf der That, und das will ich; bey Gott! das will ich. — Hier gaben sie sich die Hände darauf, und schwuren! — — Auch ich will schwören; — — Auf, Geist des alten Rubin! — auf, und erwache in deinem zweyten Sohne! — — Luise! Luise! — (fällt auf ein Knie nieder) da bin ich! — Rubins zweiter Sohn! — Alles was ich auf dem Leibe habe, ist mein, weiter nichts! — Ja Weisenborn, so weit können's die Menschen bringen, daß ein ehrlicher Kerl seinen Namen nicht mehr nennen darf! — Die Menschen haben mir Alles genommen! — aber! aber! — (streckt die ersten drey Finger der rechten Hand zum Himmel empor) wer seine Hand an Luisen legt, ist des Todes. (steht auf)

Eilfter Auftritt.

Adolf. Luise.

Luise. Adolf! was schwärmst du da so allein? — Alles verläßt mich! — Was streichst du da so im finstern Garten herum, und sprichst mit dir selber? — Bist nicht mehr mein Adolf? liebst nicht mehr deine Luise? — Komm, laß dir den Unmuth von der Stirne küssen, laß dich drücken an dieses kranke, liebende Herz, mein Adolf! —

Adolf. Luise! ob ich dich noch liebe? wer kann's sagen, daß Adolfs Liebe ein Ende hat? Aber bald wird's so weit mit mir kommen, daß ich zittern muß, wenn ich an dich denke, und doch ist's mir in deinem Arm so wohl, kann mir kein Plätzgen in der Welt denken, wo mir's so wohl wäre. —

Zwölfter Auftritt.

Luise. Adolf. Silberstein. Baron.

(Silberstein und Baron kommen mit bloßen Degen hervor. Letzterer geht auf Adolfen, und Silberstein auf Luisen los. Adolf zieht seinen Degen, nimmt Luisen in linken Arm)

Adolf. Wer wagts?
Silberst. } Du mußt sterben!
Baron.

I. Aufzug.

Adolf. Wer Hand an Luisen legt, ist des Todes! — Reizt nicht meine Wuth! —

Luise. Adolf! Bruder! Um Gottes Willen!

Silberst. ⎫ Du mußt sterben. (Silberstein
Baron.   ⎭   reißt Luisen aus Adolfs Arm.)

Adolf. (ersticht Silberstein) Da! —

(Kleine stumme Scene, worin jedes seiner Lage gemäß sich ausdrücket; Luise weint)

Baron. (zu Adolfen) Wir waren Feinde, aber Unglück hebt Feindschaft auf. — Retten Sie sich, ich will Sorge tragen, daß es keinen Auflauf giebt, sonst sind Sie verloren! —

Luise. Rette dich, Adolf! um Gottes Willen rette — rette dich!

Adolf. (grimmig) Mögen sie mich finden, die Blutrichter!

Luise. (fällt Adolfen um den Hals, dann kniet sie vor ihm nieder) Fliehe Adolf, fliehe!

Adolf. (zum Baron) Wenn du kein Schurke bist, (faßt ihn grimmig an der Brust) so trag Sorge um Luisen! ihre Unschuld sey dir heilig! — und wenn sie dir's nicht ist! — wenn sie dir's nicht ist! bey Gott! ich finde

XII. Auftritt.

dich, und wenn du dich in dem Mittelpunkt der Erde verbirgst.

Baron. So wahr ich lebe.

(Luise fällt während dem letztern Worten in Ohnmacht)

Adolf. Luise! Luise! (kniet neben sie) hörst nicht deinen unglücklichen Adolf? —

Luise. (zu sich kommend) Mörder!

Adolf. Auch von dir verworfen! (springt auf.)

Luise. Adolf! Adolf! komm in meinen Arm!

(hält kniend Adolfen in Arm)

Baron. Retten Sie sich es wird Lärm.

Adolf. (steht auf, zum Baron) Sieh, ich strecke meine Hand und meinen Degen zum Himmel, und schwöre! schwöre bey dem Blut das ihn färbte, bey diesen Blut, in dem das Leben deines Freundes hinfließt, Luise muß mein seyn, und wenn Sie noch tausend Brüder hätte, und ich sie alle morden müßte! — daß sag ihr, wenn sie erwacht, sag's ihren Vater, und merke dir's.

ab.

Ende des ersten Akts.

Zweyter Akt.

Erster Auftritt.

Zimmer in dem Dorfwirthshaus Ebersbach.

Adolf von Rubin als Weisenborn allein.

Adolf.

Sicher bin ich, den hier bin ich Rubin, und der Mörder des jungen Silbersteins heist Weisenborn. O daß ich vor meinem Gewissen auch so ganz sicher wäre! — Hm! (schauerlich) wenn ich so in meiner Gegenwart davon sprechen höre, wie sie wünschen, daß der Mörder entdekt, und bestraft werden mögte! — Luise, Luise! daß du mir vergeben hast den Mord! — daß du mich noch liebst, fühlte ich in deinen glühenden Küssen! — Aber in eben diesen Augenblicken war mir deine Liebe das erstemal unerträglich! Hättest du mir geflucht, ich glaub' ich hätte mich triumphirend auf meinen Schimmel geschwungen, wäre abgetrappt! aber so —

Zweiter Auftritt.

Adolf. Albrecht von der Saar.

Albrecht. Um Gottes Willen! was hast du gethan?

Adolf. Es ist geschehen, Bruder! schwer liegt der schröckliche Mord auf meiner Seele! eingegraben hat ihn der Richter mit Feuerflammen meiner Stirn; so tief, so glühend, daß ich jeden Spiegel zerschlagen mögte. Da steht's! — da steht's! — ich schwitze Angstschweis, wische ängstlich die hellen Tropfen von der Stirn, und will's mit wegwischen, aber — — da steht's wieder! — sagt' ich's nicht: ausgesprochen ist's und geschworen: wer Hand an Luisen legt, der ist des Todes! —

Albrecht. Aber es war ihr Bruder! —

Adolf. Was kümmert's mich? ich hab ihn erschlagen! an der Gartenthür war's, da sie mich anfielen, wie die hungrigen Tiger, und mir s'Mädgen nehmen wollten! — ich bat sie, meine Wuth nicht zu reitzen, aber da fielen sie über mich her, und schrien: du mußt sterben! — Da dacht' ich an meinen Schwur, und stach ihn nieder. Daß es Luisens Bruder war, konnte ich vor Nacht und Hitze nicht unterscheiden.

Albrecht. Bruder! wie ich um dich gezittert hab', bey der ersten erschröcklichen Nachricht, das weiß Gott! Aber muste es auch so weit mit euch kommen? Luisens Vater betrieb die Nachforschung nach dem Mörder seines Sohnes auf das strengste, es ist im Namen unsers Königs an eurem Fürsten geschrieben worden, und dieser hat nun auch hier die strengsten Befehle gegeben, ihn zu ergreifen, so bald er entdeckt wird. Aber auf erhaltene Nachricht, daß der junge Weisenborn im Wasser ertrunken gefunden worden, ist alles Nachsuchen eingestellet. Das that der Baron.

Adolf. Dacht' ich's nicht gleich, daß es vom Baron herkam! Aber wie stehts vor allem mit Luisen?

Albrecht. Sie war dem Tode nah. — Der Baron kommt ihr nicht von der Seite. —

II. Auftritt.

Denk' dir die Angst, die sie haben mußte, wenn sie hörte, wie grimmig den Mörder ihres Bruders nachgestellt wird! wie sie zittern mußte, mit jedem Augenblick vielleicht hören zu müssen, daß er eingezogen, und mit nächsten das Blutgerüste besteigen werde! — wenn sie den als den abscheulichsten Mörder lästern hören mußte, den sie liebt! — Bruder, der Mensch kann viel ertragen! —

Adolf. Das seh' ich an Luisen, und mir.

Albrecht. Luise erfuhr, daß du vor etwelchen Tagen dich in dieser Gegend aufhieltst, gleich lag sie ihrem Vater an, dich als den jungen Rubin zu ihr zu bringen. Ihr Vater erfuhr, daß nicht die Krankheit allein vom Tode ihres Bruders herrühret, sondern daß auch deine Abwesenheit ihr große Schmerzen verursachen. Der Alte schrieb dir, und bat mich diesen Brief an dich zu überschicken (giebt Adolfen den Brief) ich wollt' ihn dir selbst überbringen, weil ich nicht vor thunlich hielt, jemand anfern den Brief anzuvertrauen.

Adolf. (liest)

„Haben Sie Mitleiden mit einem gebeugten „Vater, und retten Sie mein armes Kind, mei-

„ne Luise! Ich glaubte erst ihre Krankheit rüh=
„re vom Schrecken über den Tod ihres Bru=
„der her (dessen Mörder Gott richten wird,
„wenn er hier noch den Händen der Gerech=
„tigkeit entgehen sollte (aber seit gestern weiß
„ich die wahre Ursache, und diese Ursache sind
„Sie! — Nun weiß ich nicht was Sie für Ur=
„sache gehabt, seit einiger Zeit zu zweifeln, daß
„Sie noch am Leben, wenigstens nicht im Lande
„wären, und diese Gedanken brachten sie dem
„Tode nah, aber da gestern gesprochen wurde,
„daß Sie vor einigen Tagen in der Nähe hier
„gewesen, und sich in Ebersbach aufhielten, fiel
„mir mein Kind zu Füssen, und bat mich mit
„Thränen, Sie zu ihr zu bringen. Ich sterbe,
„mein Vater, rief sie, wenn ich ihn nicht bald
„sehe! Nun denken Sie sich, was das einem Va=
„ter schmerzen muß, da er auf eine so schänd=
„liche Art erst seinem Sohn verlohr! — nun
„auch seine Tochter zu verlieren, zittert. Sie
„sollten sehen, wie das arme Kind unaufhörlich
„die Hände ring't und gerne viel weinen mögte,
„aber keine Thränen mehr hat, wenn Sie das
„säh'n, bey Gott! Freund, sie mußten kommen,
„und wenn der Weg zu ihr durch Heere von

II. Auftritt.

„Feinden ging. Kurz, wenn Sie ein Herz ha„ben, wie Ihr Vater, so ist Ihnen gewiß dar„an gelegen, es durch große Thaten zu zeigen, „und hier haben Sie Gelegenheit, wenn Sie „kommen; kommen Sie aber nicht, so haben „Sie's bey Gott zu verantworten."
Ihr

ergebenster

Hanns v. Silberstein.

Albrecht. Was wählst du nun?

Adolf. Ich habe nichts mehr zu wählen, der Gedanke meine Luise vom Tod zu retten, überwiegt bey mir alles. Sie müssen kommen, und wenn der Weg zu ihr durch Heere von Feinden ging, schreibt der arme Alte; ha! wenn's das wäre? das wäre Spaß; aber du wirst staunen Vater! staunen wirst du, wie die ganze Welt staunen würde, wenn sie's wüßte! Ueber Blutgerichte, durch Schwerdt und Strang des Henkers, geht mein Weg in die Arme meiner Luise; und ich lache!

Albrecht. Aber wenn er in den Geliebten seiner einzigen Tochter, den Mörder seines Sohnes erblickt, wenn er in Rubin den Mörder Weisenborn erkennt?

II. Aufzug.

Adolf. Dann will ich seine sterbende Tochter in meine Arme fassen, und wenn er mich hinrichten läßt, — wenn er mich hinrichten läßt! — wenn er sein Kind in meinem Arm sterben, und mich aufs Blutgerüst schleppen sehen könnte! Sey's darum! mögen sie mich hinschleppen aufs Blutgerüst! aus dem Arm meiner Luise! weiß ich dann gewiß, daß sie mich nicht überlebt, und ich fliege vom Blutgerüst weg, wieder in ihren Arm. Sterben für meine Luise — das wäre etwas — und komme ich nicht, so stirbt sie! — Auf, Rubin! auf! Luise darf nicht sterben; das ist die Losung, und wenn du von Grab auf Grab, von Leiche auf Leiche sie tragen müßtest in Sicherheit. Ich schwur: wer seine Hand an Luisen legt, der ist des Todes! — und hab's gehalten! — Luise muß mein sein, schwur ich noch einmal, und wenn sie noch tausend Brüder hätt', und ich sie alle morden müßte, und ich will's halten! — Ich gehe.

Albrecht. Aber Bruder!

Adolf. Schwindelt dir, wenn du mir nachsiehst? desto besser! — ha! ha! ha! Mörder! schrie ehegestern jemand aus einer Kutsche, als ich so in der Irre herum ritt; Mörder! schrie der alte Vater, und schoß mir zwey Pistolen nach, die ich aber nicht erwarten mochte. — Izt wollt' ich, er hätte mich nieder geschoffen, so dürft' dir nicht schwindeln, und ich dürft' nicht bitter lachen. (ab.)

Albrecht. Rubin! Rubin! (ihm nach.)

Dritter Auftritt.

Zimmer im Schloß des alten Silbersteins.

Silberstein. Luise. Baron. Hernach Adolf Rubin.

(Luise sitzt an einem Tisch, den Kopf auf die Hand gestützt, und seufzt.)

Silberstein. Beruhige dich, meine Luise! es ist ja nicht möglich, daß er noch hier sein kann, er wird kommen, gewiß wird er kommen. Ich kenne seinen Vater, und so ein Vater kann keinen andern Sohn, als seinen

Gleichen haben. Und liebt er dich, wie du mir sagst, so kommt er gewiß.

Luise. O mein Vater! — mein beßter Vater! — Gott! mein Kopf!

Baron (kömmt)

Luise. Kommt mein Adolf? — Geschwind sagen Sie's mir! kömmt er?

Baron. Beruhigen Sie sich, mein Fräulein! Es kommen zwey quer über die Felder daher geritten, und ich glaube Albrechten von der Saar erkannt zu haben.

Luise. O mein Vater! — Er kömmt! er kömmt!

Vierter Auftritt.

Bedienter. Vorige.

Bedienter. Freyher von Rubin läßt Euer Gnaden —

Silberstein. Gott sey Dank! —

Luise. Adolf! mein Adolf! —

Baron. (geht Adolfen an die Thür entgegen, und sagt: als er ihn erkannt) Um Gottes Willen! was wagen Sie?

Fünfter Auftritt.

Adolf von Rubin kömmt. Die Vorigen.

Silberstein. Mörder! willst du mir auch mein zweites Kind morden?

Adolf. (läuft auf Luisen, und fällt ihr in Arm) Luise! meine Luise!

Luise. Mein Adolf! (fährt erschrocken zusamm) Adolf! was hab ich gethan, daß ich dich hieher geruffen, mitten unter deine Feinde! (Unter diesen Worten fällt der alte Silberstein in Ohnmacht, der Baron bringt ihn auf den Sofa)

Adolf. Was du gethan hast, das weis ich nicht: aber was ich thun will, das weiß ich.

Luise. Wer wird dich retten?

Adolf. Ich! (reißt sich aus Luisens Arm, will zum alten Silberstein, erschrickt, daß er ihn in Ohnmacht findet.)

Baron. Helfen Sie mir ihn in sein Kabinet bringen! (sie fassen ihn an, und tragen ihn weg. Er stirbt unter Wegs)

Luise. Mein Vater! Gott! was ist ihm? (will aufstehen, fällt aber wieder zurück in Sessel)

Adolf. (kommt zurück) Ha! meine Luise!

Luise. Adolf, komm in meinen Arm! (umarmen sich) Du siehst itzt so froh aus, bist wieder so ganz mein Adolf! —

Adolf. Freue dich nicht zu sehr! — Dein Vater —

Luise. Ist er todt?

Adolf. Todt. Unsere erste Umarmung nach dieser schrecklichen Trennung, war der Augenblick seiner Auflösung, wir trugen ihn todt hier von dir weg, aber du bemerktest es nicht.

Luise. Gott! ich habe dich nicht mit Bedingungen gebeten, um meinen Adolf; und das kostet mich meinen Vater! (weint)

Adolf. Luise, laß uns zusammen rechnen, was wir für einander vergessen müssen! Vater

VI. Auftritt.

und Bruder vergeß ich um dich; meinen Vater an der Spitze des Heers eures Königs, umringt von Feinden, und sein Kopf ist grau, und seine Arme fangen an zu sinken! — was ich ihm da sein, wie groß ich unter ihm werden könnte! — mein Bruder; wie rühmlich er mir vorarbeitet, und mir den Weg bahnt, zu steigen hinauf, hinauf zum Ruhm! — — Sieh Luise, und dies alles vergeß ich um dich, wenn du mich in deinen Arm schließst! bleibe bey dir, und bin Rubins zweiter Sohn!

Luise. Ich wills ja vergessen, lieber Adolf! will auch so viel vergessen, Vater und Bruder vergessen um dich Geliebter! — nur diese Thränen laß mir noch, es war mein Vater! —

Sechster Auftritt.

Baron. Die Vorigen.

Adolf. Baron, Sie sehen hier, daß Glück und Zufall auf meiner Seite ist, zu wem schlagen sie sich?

Baron. Ich wollt mich gerne zu Sie schlagen, lieber Weisenborn, wenn Sie nur nicht schon die ganze Welt als den Mörder des jungen Silbersteins kennte.

Adolf. Darüber können Sie so ruhig seyn, als ich es bin. Weisenborn war nur ein geborgter Name, und ich bin, wie Sie mich hier sehen, niemand anders, als der junge Rubin.

Baron. Nun so sollen Sie sehen, daß ich nichts weniger als der Schurke bin, für den Sie mich bisher mögen gehalten haben, und ihrer Frage nach, noch halten. Ich habe lüberlich gelebt in der Welt, hab all mein Hab und Gut durchgebracht, aber ich habe nie niedrig gehandelt, als wann mich die höchste Noth dazu zwang. Bisher unterhielt mich der alte Silberstein, und versprach mich zeitlebens zu versorgen, wollen Sie, als wahrscheinlich künftiger Besitzer aller seiner Güter, sein Versprechen erfüllen, oder sehen Sie lieber, daß ich mich den Augenblick entferne? In beiden Fällen sollen Sie sehen, daß Sie's mit einem Manne von Ehre zu thun haben.

Adolf. (Umarmt den Baron) Nichts weniger als das lezte, lieber Baron; Sie bleiben

VI. Auftritt.

wo ich bleibe. Aber Baron! Sie haben zwar schon den Rubin kennen lernen, aber ganz kennen Sie ihn doch noch nicht; er kann glauben; aber Sie müssen auch keinen ärgern Teufel gesehen haben, als wenn Rubin sich betrogen sieht, — wenn Sie ein Schurke sind! —

Baron. Sagen Sie nur was ich thun soll! ich handle lieber als ich spreche.

Adolf. Vor der Hand wüßt' ich nicht was zu thun wäre?

Baron. Und doch weiß ich was. Der Knecht ist noch hier auf dem Gute, der uns fuhr, wie sie uns auf den Weg begegneten. Es hat nichts zu sagen, vor den will ich schon sorgen, und das den Augenblick. Mit einem Urias-Briefchen an einem holländischen Werb-Offizier geschickt, und ich versichere, wir werden ihm nie wieder zu sehen bekommen.

ab.

Siebenter Aufttrit.

Vorige. Ohne Baron.

Adolf. Komm Luise, auf dein Zimmer! — komm!

Luise. Mein Adolf! —

Beyde ab.

Achter Auftritt.

Ein Bedienter.

(sieht sich um ob er nicht bemerkt wird.)

Bedienter. Nun, das wäre wieder einmal was! — Schon glaubte ich verzweifeln zu müssen; aber es geht gut, treflich gut! Wenn ich bedenke, welche verschiedene Rollen ich auf dem grossen Welttheater spielte; so muß ich mich wahrlich wundern, wenn ich höre und sehe, daß es noch größre Betrüg — Künstler wollt' ich sagen, gibt, als ich! und gemeiniglich betrügt ein Betrüger den andern. — Ein Betrüger einen ehrlichen Kerl zu bestehlen, ist keine Kunst; aber — so zum Beispiel, ich mei-

IX. Auftritt.

nen Baron, und mein Baron mich; — ja, das heißt schon etwas mehr! — Ich bin nur Diener — aber mein Herr — still, ich sehe ihn kommen! Gnädiger Herr!

Neunter Auftritt.

Baron. Der Vorige.

Baron. Hast du alles in Bereitschaft, lieber Johann?

Bedienter. Alles, Herr Baron; es fehlt nun nichts mehr, als Sie und das Geld. Die Pferde warten schon auf uns, sie sind so gut versteckt, daß ich sicher bin ein ganzes Regiment Spionen ist nicht im Stande sie mir zu finden.

Baron. Halte dich nur in meinem Zimmer verborgen. Das meiste Geld und Kleinoden hab ich schon hinauf gebracht, es ist nun nichts mehr übrig, als daß ich ihm einige Zeit aus dem Haus schaffe. Friedrich, der Jäger, ist auf unsrer Seite, er berichtet just Adolfen, daß er Spur von wilden Schweinen habe, geht er auf die Jagd, dann sind wir Meister vom Spiel.

Bedienter. Aber Herr Baron! —

Baron. Deine hundert Dukaten sind dir gewiß, und noch obendrein etwas. Geh!

Bedienter ab.

Zehnter Auftritt.

Baron allein.

Baron. Meine Rache und mein Glück ist nah, nur noch Verstellung. Warte Rubin, auch du kennst mich noch nicht ganz! sollst mich aber ganz kennen, und dann rasen, fluchen und wüthen. Schon blüht Luise wieder wie eine Rose, ich will sie brechen — — brechen und dann fliehen!

Eilfter Auftritt.

Adolf. Luise. Baron und ein Bedienter.

Adolf. Halten Sie gut Haus, Baron! ich komme bald wieder. Meine Jäger haben Spur von Wildschweinen. (nimmt die Büchse von dem Bedienten) Und du Luise, — lebe wohl. (umarmt sie, und ab.)

Zwölfter Auftritt.

Luise. Baron.

Luise. Und Sie Baron, wollten nicht auch Blut sehen? Gingen nicht mit auf die Jagd?

Baron. Der Herr Baron wollten allein gehen und mich nicht mitnehmen.

Luise. (setzt sich) Mir ist so bang, so ängstlich, wo ich mich hinwende; ich möchte nichts als weinen. — Welche Angst bemächtigt sich meiner! — Adolf! —

Baron. Wie erschrecken Sie mich Fräulein!

Luise. Nichts, es ist nichts! — Aber es wird mir so dunkel vor meinen Augen, es greift mich ans Herz und drückt mich so schwer! O Adolf, kehre schnell zurück! — Um Gottes Willen! Kommen Sie Baron, führen Sie mich auf mein Zimmer!

Baron (führt Luisen langsam ab) Erwünscht! — Nur nicht verzagt! (ab.)

Dreyzehnter Auftritt.

Garten.

Adolf kömmt langsam.

Adolf. Im Forst nichts zu hören, nichts zu sehen! — hier ists auch so still! — Niemand kömmt mir entgegen! — Alles so still, wie um die Mitternachtsstunde.

Vierzehnter Auftritt.

Johann der Bediente kömmt von der Seite geschlichen, Adolf bemerkt ihn.

Adolf. Was giebts, was schleicht er so herum? wo ist sein Herr?

Johann. Ich glaubte ihn hier zu finden, aber — (bey Seite) wenn ich nur schon weg wäre!

XV. Auftritt.

Adolf. Tritt näher! — (man hört einen Schrei.) Was ist das? — Die Stimme meiner Luise? —

ab.

Fünfzehnter Auftritt.

Bedienter allein.

Bedienter. Ein Betrüger betrügt den andern; so mach ichs mit meinem Herrn. (man hört einen Schuß.) Ich nehme was ich habe, und geh. — Auf die Letzt könnt ich noch hier bleiben müssen, und das mag ich nicht.

ab.

Sechzehnter Auftritt.

Zimmer.

Adolf und Luise.

(Adolf kömmt wild und schäumend. Luise schreiend und mit fliegenden Haaren ihm nach, wirft sich ihm zu Füssen, winselt anfänglich, dann bricht sie in ein fürchterliches Geheul aus. Adolf nimmt seinen Hut, zerreißt ihn in kleine Stücke, reißt Luisen von der Erde auf, und stellt sie vor sich hin.)

Adolf. Luise! — Luise, liebst mich noch?

Luise. Unaussprechlich, Adolf! unaussprechlich! — und wenn du mich liebst, so höre meine letzte Bitte, und gieb mir den Tod! — oder fliehe den Augenblick, daß ich dich nicht mehr sehen muß! — Rette nur dein Leben!

XVI. Auftritt.

Adolf. Man hat noch kein Exempel daß ein Rubin seine Hände mit Weiberblut beflecket hätte, ich wills auch nicht. Aber Rache muß ich haben, jener dort wird nicht aufstehen, also bist du nun daran, und weil du mich denn noch liebst, so sei das meine Rache, was du eben sehen wirst. (setzt sich nieder und schreibt)

Luise. Um Gottes Willen! was willst du?

Adolf. Dich straffen. (geht in die Scene und ruft: Licht!)

Luise (liest) „Ich habe den Baron Eben=
„horst erschossen, und zwar vorsetzlich. Die
„Leiche können sie aufheben lassen, und we=
„gen meiner thun Sie ihre Schuldigkeit."
(fällt in Ohnmacht.)

Siebenzehnter Auftritt.

Bedienter (bringt Licht. Adolf siegelt den Brief.)

Adolf. An meinem eigenen Gerichtshalter.

Bedienter (ab.)

Achtzehnter Auftritt.

Adolf und Luise.

Luise (zu sich kommend) Adolf!

Adolf. Luise! (heftig) Luise! hab ich das um dich verdient, daß du mich so hinrichtest? Gott verzeih' dirs!

ab.

Luise. Adolf, um Gottes Willen! —
(ihm nach.)

Ende des zweyten Akts.

Dritter Akt.

Erster Auftritt.

Gefängniß.

Adolf in Ketten.

Adolf.

Nun ist das Verhör auch vorbei, und weiß daß ich sterben muß! — — Ha! muß ich doch lachen über die Kerls, wie sie die Mäuler aufsperrten, und nicht begreifen konnten, daß ich alles so gestund! — Hier ist mein Kopf! Aber die Ursache werdet ihr nie erfahren, warum ich ihn erschossen hab? Ich hab ihn erschossen, hab ihn mit Fleiß erschossen, und verlange nichts, als was Urtheil und Recht mit sich bringt, wenns nur schon vorbei wäre! Ich scheue nicht den Tod, auch jetzt die

Schande nicht mehr, die einen solchen Tod begleitet, und doch hat sich eine Unruhe bei mir eingeschlichen, die ich nicht voraus sah, die ich mir nicht zu erklären weiß. — Luise: hätt' ich nicht meinen Kopf um deine Unschuld verwettet? — — Ich darf nicht daran denken! meine Rache glüht sonst wieder auf im siedenden Blute, und das will ich nicht, will Ruhe haben vor die letzten Augenblicke meines Lebens, denn es sind grosse Augenblicke, es mag mir einer sagen, was er will, und diese Augenblicke mögt' ich nicht gern mit Blutgedanken hinbringen. Meinem Vater hab ich geschrieben; — wie er sich wundern wird! — (geht auf und ab) Wie er sich wundern wird, wenn er höret, daß sein zweiter Sohn auf dem Blutgerüste gestorben! — —

Zweiter

Zweiter Auftritt.

Adolf. Bedienter.

Bedienter (bringt Adolfen einen offenen Brief von Albrechten von der Saar)

Adolf. (liest) "Wo dich dieser Brief tref-
"fen mag, kann ich mir leicht denken, wenn
"er dich trifft; trifft er dich aber nicht, auch
"gut, ich weiß alles, was du gethan hast. —
"Aber wenn die Ahndung wahr ist, die ich
"von der Ursache habe, warum du's gethan
"hast, so ist die Ursache schröcklicher, als die
"That selbst. Eben kam hier eine Stafete
"an, und meldete es. — Bruder! sind das
"die herrlichen Träume, die wir uns oft
"träumten? Ich sitze hier und bin krank,
"möchte dich noch gern einmahl sehen, und
"kanns nicht! — wie schmerzlich mir das
"fällt, kannst du dir leicht vorstellen; bräch=
"te dir so gern Trost und Hülfe, und wärs
"mit meinem Blut. O Bruder, Bruder! —
"Lebe wohl! (drückt den Brief zusammen, knirscht mit den Zähnen, schlägt sich vor die Stirne, und ab.)

III. Aufzug.

Dritter Auftritt.

Lager.

Marschall Rubin. Offiziers. Adjutanten und Soldaten.

Rubin (liest einen Brief, drückt ihn zusammen, steckt ihn in die Tasche, und geht einigemahle unruhig auf und ab.)

Ein Adjutant kommt an.

Rubin. Was ist das? blaß wie der Tod! wie steht's? wie halten sich meine Leute?

Adjutant (zuckt die Achseln)

Rubin. Heraus mit der Sprache, sind's Schurken oder brave Kerls? wie befolgt mein Sohn meine Befehle?

Adjut. Sie haben ihn nicht mehr erreicht.

III. Auftritt.

Rubin. Was? ist er auch zum Teufel? so schlag der Donner die ganze Welt zu Pulver, He! ist er ein Schurke, und hat seinen Posten verlassen? bei Gott! so bin ich der erste, der ihm 's Leben abspricht.

Adjutant. Nichts weniger! Tausend feindliche Kugeln pfiffen rechts und links, aber Ihr Sohn stand.

Rubin. Gustav! Gustav!

Adjutant. Grimmig stürzt' er sich dem Angriff der Feinde entgegen, ein unglücklicher Hieb lähmt' ihm die rechte Hand, er faßte den Degen in die linke, und stand.

Rubin. Das war Gustav!

Adjutant. Sein Pferd stürzt' todt unter ihm nieder, er stieß den feindlichen Fähndrich den Degen in das Herz, faßte die Fahne, und saß wieder auf.

Rubin. Und das that mein Gustav?

Adjutant. Das that er, aber nun —

Rubin. Aber nun?

III. Aufzug.

Adjutant. Daß ich der Trauerbothe sein muß! bereiten Sie sich das schrecklichste zu hören, daß ein Vater hören kann: Sie haben keinen Sohn mehr! —

Rubin. Schrecklicher kann es nicht sein als Flucht! (für sich) und was mir der Brief von meinem Adolf meldet.) — Ist's das, so schweig und stoß mich nieder, daß nicht Schande mit entehrt, ist's aber nicht, so rede!

Adjutant. Nach dem entscheidenden Augenblicke verlohr er nochmahl sein Pferd, und lag entkräftet in seinem Blute.

Rubin. Aber er ermannte sich? nicht so?

Adjutant. Er wird sich nicht wieder ermannen, er ist todt?

Rubin (erschrickt) Gustav! — Gustav! — mein Gustav tod, und ohne Sieg?

Adjutant. Seine Reiter kämpfen wüthend, aber noch zweifelhaft.

Rubin. Ich muß fort, (grimmig) muß entscheiden! (reißt den Verband seiner Wunde am Fuß auf) mit diesem Blut will ich sie besprengen, und wenn sie dann nicht fechten, wie rasende Elefanten, so will ich mich zum Feinde schlagen, und sie selbst schlachten helfen, dann mag die Nachwelt meinen Namen am Galgen bewundern.

(Soldaten bringen den todten Gustav und legen ihn vorm Zelt nieder.)

Rubin. (faßt Gustavs Hand) Gute Nacht, braver Gustav! — Ich dachte du sollst meinen Tod rächen, wenn sie mich nieder machten, aber so kehrt's sich's um, ich will dich rächen, das schwör ich bei mein und deinem Blut. Mein Blut in der rechten, deines in der linken Hand, den Degen zwischen den Zähnen, und wenn's so nicht geht, so müssen sie sich mit dem Teufel verschworen haben.

Vierter Auftritt.

Die Vorigen. Ein Adjutant bringt Depeschen.

Rubin. (liest) „Das Regiment ist im „Stande auf Befehl zur Armee zu stoßen.„ Gut, ich wollt' es wäre hier, so könnts heute

Probe machen. — „Der Oberſte iſt im Zwei-
„kampfe geblieben. „ — Der Narr hätte auch
ſeine Bravour ſparen können, bis er zu uns
gekommen wäre! je nun, hohl ihn der — —

(Man hört ſchreien, der Feind! der Feind! —
es wird ſtark kanonirt. — Rubin ſtampft
mit den Füſſen — ſieht grimmig um ſich
her, und zieht den Degen.)

Rubin. Halt! nicht eine Handbreit' vor-
wärts.

Fünfter Auftritt.

König. Die Vorigen.

König. Wie ſteht's, Rubin? Der Feind
rückt ſcharf an. —

Rubin. Ich weiß es. Aber — hier iſt
mein Degen, und, wenn Du willſt, auch
mein Kopf; — ich kann Dein Heer nicht mehr
führen.

König. Und warum nicht?

Rubin. Ich bin entehrt!

V. Auftritt.

König. So nimm Dir Genugthuung.

Rubin. Das kann ich nicht!

König. Unbegreiflich! und wer sollte Dich, meinen Marschall Rubin entehren?

Rubin. Du.

König. (erstaunt) Ich?

Rubin. Ja, Du. Mein Sohn, mein erstgebohrner Sohn, starb unter den Händen Deiner Feinde, und mein zweiter soll in Deinem Lande, unter den Händen des Henkers sterben! —

König. Unmöglich! und warum? Ich habe kein Todesurtheil eines Rubins unterschrieben.

Rubin. Desto schlimmer! aber doch ist's so. Der lezte Rubin soll wie ein Schurke sterben, und doch ist er keiner; er erschoß einen Schurken, der bei seiner Braut lag, und darum soll er sterben.

König. Das soll er nicht, Rubin! und wenn er meinen Bruder niedergeschossen hätte, und von ihm mein halbes Reich abhing, das bin ich dir schuldig, und — ich bin König! —

Sechster Auftritt.

Adjutant. Die Vorigen.

Adjutant. Der Feind ist im vollen Anzuge, — das Heer erwartet Befehle.

König. Eile, Rubin! fechte für deinen König! Ich beschleinige die Freiheit deines Sohnes.

Rubin. Auf! ich will schlagen, und dem König den Sieg bringen.

ab.

Siebenter Auftritt.

Vorige, ohne Rubin.

König. Nein, Rubins Sohn soll nicht auf dem Schaffot sterben! — Es mag ein rascher, feuriger Jüngling seyn! — Aber — der Fehler ist verzeihlich. (schreibt in die Schreibtafel auf ein Blat Papier, und giebt's einem Adju-

VII. Auftritt.

tanten) Er reite den Augenblick nach Wiesen, und verliehre keine Zeit. — Hier ist mein Befehl.

Adjutant. (ab.)

König. Gott gebe, daß dieser Befehl noch zu rechter Zeit eintrift! — Das wäre zuviel Unglück für den braven alten Rubin, zwey hoffnungsvolle Söhne zugleich zu verlieren, — und den lezten — auf dem Blutgerüste! — das wolle Gott verhüten! — Ha! es ist Zeit! ich muß zur Schlacht.

(ab.)

———

III. Aufzug.

Achter Auftritt.

Im Hintergrunde der Bühne ein erhabner Ort, oder Schafot. Rubin kömmt ganz langsam. Der Oberrichter und viel Volk begleiten ihn. Alle traurig und bestürzt. Der Zug hält vorm Blutgerüste. Der Oberrichter liest das Urtheil.

Oberrichter. „Adolf Freiherr von Rubin hat den Baron Ebenhorst mit Fleiß erschossen: es ist sein eigenes Bekenntniß, und hat darwider nichts einzuwenden?

Rubin. Nichts.

Oberrichter. Diesem also zur Folge, ist Adolf von Rubin, wegen seines an den Baron Ebenhorst verübten Mords, durch das Recht verurtheilt, mit dem Schwert vom Leben zum Tode hingerichtet zu werden. (bricht den Stab und wirft ihm solchen vor die Füße) Gott sei Ihrer Seele gnädig!

Neunter Auftritt.

Luise. Die Vorigen.

Luise (stürzt wild und mit fliegenden Haaren herein) Adolf! Adolf! wo bist du? — Wo habt ihr ihn ihr Würger? — Gebt mir ihn wieder, er ist unschuldig! — Gebt mir den Tod! — — Komm Adolf! du bist stark, kannst mich in einer Umarmung erdrücken, erbarme dich meiner! erbarme dich deiner Luise, oder laß mich mit dir sterben! — — (Adolf winkt sie wegzuführen) Laßt mich, ihr Tiger! laßt mich! — Wollt ihr mir meinen Adolf nehmen? — (sinkt ohnmächtig in die Arme eines Nebenstehenden)

Rubin. Führt sie weg!

Luise (zu sich kommend) Weicht zurück, ihr Mörder! — Allmächtiger, starker Gott, Erbarmung! Komm herab mit deinem Donner, und zerschmettre die Ungeheuer! vertilge und zernichte sie! —

III. Aufzug.

Adolf. Führt sie weg und macht meinem Leiden ein Ende (steigt aufs Blutgerüst)

Luise. Halt Barbaren! wohin wollt ihr mit ihm? laßt mich mit ihm sterben! — Adolf! ich komme schon, fürchte dich nicht! — Ich komme! niemahls will ich von dir getrennt sein, Adolf Rubin!

(Man will sie ergreifen und abführen, sie zieht einen Dolch und ersticht sich)

Luise. Getroffen! ich sterbe! — auf meine Seele! — Adolf — Rubin! nach! — ach! — ach! — — Gott! — Gott, Erbarmung! — Adolf! —

(sie stirbt.)

Rubin. Gott! — mußte mir dies auch noch begegnen!

(Es werden ihm die Augen verbunden, man entblößt ihm den Hals, der Scharfrichter hebt das Schwert —)

Zehnter Auftrit.

Ein Adjutant kommt gesprengt.

Adjutant. Halt! halt!

Das Volk. Halt! halt!

(Der Blutrichter laßt das Schwert sinken)

Adjutant. Im Namen des Königs! (giebt dem Oberrichter den Befehl)

Oberrichter. (ließt) „Adolf, Freiherr von „Rubin, ist in dem Augenblicke, da dieses „ihn findet, frey. Dieses befiehlt

Der König.

Baron von Rubin, Sie sind frei! — wie ich wünschte, daß Sie es allezeit hätten seyn mögen. Dies war ein trauriges Geschäft für mich. Nun, Dank dem König! der es so endigte.

(Frohes Gemurmel unterm Volk)

Adjutant. Herr Baron! — Welches Jr̄licht führte Sie so weit vom Ziele und so nahe zum Abgrund? —

Adolf. (steigt vom Blutgerüste) Kommen Sie, Freund! und sehen Sie die Ursache meines Unglücks. Sie war einst schön, blühte wie eine Rose; ihre Seele war rein und schuldlos, wie eine Engels-Seele, und dieses schöne, blühende, schuldlose Mädchen liebte mich, liebte mich so unaussprechlich, wie ich sie noch liebe; aber sehen Sie Freund! dort in jenem Hause klebt das Blut und das Gehirn dessen, der mir ihre Liebe stahl — wenigstens stehlen wollte. — Dort schoß ich ihn nieder, und das war die Ursache, warum ich sterben sollte. — Und fast dank ich's meinem Vater und eurem König nicht, daß er mir s'Leben schenkt. — Hier zu bleiben vermag ich nicht, es ist also am beßten, ich gehe zu meinem Vater, schlage mich mit ihm herum unter den Feinden meines Königs und des Vaterlandes. Vielleicht trifft mich eine feindliche Kugel, so habe ich meine Bestimmung erreicht, und mein Blut als ein Opfer des Vaterlandes hingegeben.

X. Auftritt.

Soll ich aber leben, so will ich mich durch Thaten auszeichnen, die mich der Gnade meines Königs und der Liebe meines Vaters würdig machen.

Ende des Trauerspiels.